Douce
Melaine

DU MÊME AUTEUR

Aux Éditions Denoël

LE CRAN D'ARRÊT, 1985

UN COUPLE

EMMANUÈLE BERNHEIM

UN COUPLE

roman

nrf

GALLIMARD

« Je n'ai jamais vu une femme manier un bâton de rouge sans penser malgré moi au sexe d'un chien en chaleur. »

GEORGES SIMENON.
Lettre à mon juge.

– Voulez-vous des haricots?

Il tendit un grand plat à sa voisine de gauche. Elle secoua la tête, le remercia. Elle n'aimait pas les haricots verts.

– Vous avez tort. Les haricots verts contiennent beaucoup de fibres végétales. Laissez-moi vous servir.

Il saisit les couverts. Les manches de sa chemise étaient retroussées. Elle vit bouger les muscles de ses avant-bras. Ses poils étaient blonds, sa peau bronzée.

Les autres invités mangeaient avec appétit. Il l'observa. Elle se forçait. Elle mâchait à peine chaque bouchée et elle l'avalait.

Elle ne laissa rien dans son assiette. Il se décida alors à lui parler. Elle s'appelait Hélène.

Loïc était médecin. Hélène essaya de deviner son âge. Il avait trente-six ou trente-sept ans.

Loïc, ce prénom convenait à ses mains courtes et larges.

Il s'en alla dès la fin du dîner. Il avait du travail. Avant de partir, il nota dans son agenda le numéro de téléphone d'Hélène.

Il l'appela la semaine suivante. Ils dînèrent au restaurant.

Un petit morceau d'herbe ou de salade s'était collé entre les deux grandes incisives supérieures d'Hélène. Il lui posa des questions. Il la fit parler. Il n'écoutait pas ce qu'elle disait. Il ne l'entendait pas. Les yeux fixés sur sa bouche, il guettait la syllabe ou le sourire qui découvrirait ses dents. Elle mangeait. Elle buvait. Elle s'essuyait les lèvres. Il restait immobile. Il attendait qu'elle se remît à parler et qu'elle sourît encore. Il demanda deux cafés et l'addition. Il raccompagnerait Hélène. Il l'embrasserait. Il promènerait sa langue contre l'intérieur de ses joues, sur ses gencives et enfin sur ses dents. Il effacerait la petite tache verte.

L'herbe disparut alors qu'Hélène buvait son café. Il la raccompagna. Il ne l'embrassa pas.

Hélène invita Loïc à dîner chez elle.

Elle décida de préparer un tartare de haddock et des coquelets à l'estragon accompagnés de pâtes fraîches. La bouteille d'huile d'olive était entamée depuis longtemps. L'huile avait une odeur bizarre. Hélène la renversa dans l'évier. Le métal se recouvrit de gras. L'huile s'écoulait doucement dans le trou de vidange. Hélène fit couler de l'eau chaude, prit une éponge et frotta l'évier. L'éponge devint visqueuse, le gras s'étalait partout. Elle ajouta du détergent et se remit à frotter. L'évier fut bientôt propre mais l'éponge était imbibée d'ammoniaque et de gras. Hélène la jeta dans la poubelle. Elle quitta la cuisine en claquant la porte.

Le livre de cuisine se refermait tout seul. Hélène le rouvrait sans cesse. Elle appuya dessus, tentant de lui casser le dos. Mais, un peu plus lentement peut-être, il se refermait encore. Elle parvint à le maintenir ouvert avec une boîte de sucre qu'elle repoussait chaque fois qu'elle consultait la recette. Elle s'affairait en silence. Le haddock, dessalé, s'égouttait avec un petit bruit régulier.

Elle mit les coquelets dans le four à huit heures et demie. Ils lui semblaient gros. Un seul aurait suffi. Tout était prêt. Elle ferait chauffer l'eau des pâtes au dernier moment et elle remuerait la salade juste avant de la servir. Loïc déboucherait le vin.

À neuf heures, Loïc téléphona. Il était retenu à l'hôpital. Il ne viendrait pas dîner.

Il était désolé. Il ne pouvait pas lui parler plus longtemps. Il la rappellerait.

Les coquelets étaient cuits. Hélène les posa sur le rebord de la fenêtre, à l'extérieur, afin qu'ils refroidissent plus vite. Elle rangea les verres, les assiettes, les couverts et les serviettes. Elle vida le seau à glace, remit les biscuits d'apéritif dans leurs boîtes et les fromages dans leurs papiers. Les coquelets étaient tièdes. Elle les plaça dans le frigidaire avec le tartare de haddock, la salade, les pâtes, les fromages, les gâteaux et même le pain. Puis elle tourna le bouton du thermostat au maximum. Le lendemain, tout serait presque gelé. La cuisine était déserte. Il n'y avait plus aucune trace du dîner. Seule, la bouteille de vin demeurait sur la table. Hélène sourit. Heureusement qu'elle ne l'avait pas débouchée à l'avance.

Il rappela Hélène le lendemain matin. Il s'excusa longuement. Elle ne lui fit aucun reproche. Catherine se fâchait toujours quand il se décommandait. Mais la voix d'Hélène était douce, sans colère. Elle n'avait sûrement pas dîné seule. Il croyait avoir été l'unique invité. Il y en avait eu d'autres. Ou un autre. Un homme qui était absent le soir où Loïc avait rencontré Hélène et lorsqu'ils s'étaient revus. Loïc ne savait presque rien d'elle. Elle avait trente ans. Elle dirigeait une agence photographique. Portait-elle une alliance? Il n'avait pas vu ses mains. Il n'avait regardé que sa bouche, ses dents très blanches et sa lèvre inférieure, sans fard, gonflée, légèrement striée de fins traits verticaux.

La veille, c'est probablement l'homme qui aurait ouvert la porte. Loïc lui aurait tendu son bouquet de fleurs. Occupée à la cuisine, Hélène aurait crié « Bonsoir ». Ils auraient dîné tous les trois et, après le café, Loïc serait parti, laissant Hélène avec cet homme qui n'ignorait rien d'elle, qui connaissait chaque repli de son corps, qui en avait flairé toutes les odeurs.

Il téléphona une seconde fois à Hélène. C'était dimanche. Ils ne travaillaient ni l'un ni l'autre. Ils pourraient peut-être prendre le thé ensemble. Hélène lui proposa de venir chez elle.

Elle sortit à l'avance les gâteaux du frigidaire.

Il lui apporta des fleurs. L'appartement ne paraissait pas grand. Assis dans un fauteuil, Loïc examinait le salon. Rien n'indiquait qu'un homme y vécût. Mais que s'attendait-il à découvrir dans cette pièce? Une cravate sur le canapé ou une paire d'énormes chaussures sous la table basse? La bouilloire siffla. Hélène se leva pour préparer le thé. Loïc la suivit dans la cuisine. L'évier était vide et il n'y avait rien sur l'égouttoir. Les deux tasses sales du petit déjeuner étaient sûrement rangées dans le lave-vaisselle.

La salle de bains le renseignerait. Il trouverait sans doute un rasoir électrique et deux verres contenant chacun une brosse à dents et un tube de pâte dentifrice. À moins qu'ils ne partagent le même dentifrice. Leurs bouches auraient le même goût, leurs haleines se confondraient.

Il demanda à Hélène où étaient les toilettes. Il poussa une petite porte. Il ne vit ni baignoire ni lavabo. Les cabinets ne se trouvaient pas dans la salle de bains. Sur une étagère, des rouleaux de papier hygiénique et une bombe de désodorisant. Par terre, dissimulée dans son socle blanc, une brosse pour nettoyer la cuvette. Pas de magazines, pas d'affiches sur les murs. Loïc actionna violemment la chasse d'eau. Il explorerait la salle de bains une autre fois.

Loïc était parti. Hélène débarrassa le plateau du thé. Loïc avait mangé presque tous les gâteaux. Pourtant, il n'était pas gros. Il était fort. Il avait un large dos, un cou épais. Elle l'imaginait à l'hôpital, portant une blouse sur son torse nu, une blouse blanche qui se fermait dans le dos par une demi-douzaine de petits liens. Il ne parvenait pas à les nouer lui-même. Une infirmière s'en chargeait. Elle rabattait progressivement les pans sur la peau nue. Son dos était-il aussi mat que ses avant-bras?

Le lendemain matin, elle prévint l'agence qu'elle serait en retard. Elle se rendit dans un magasin d'électroménager. Elle fit l'achat d'un petit congélateur. Elle insista pour que la livraison soit effectuée avant la fin de la journée.

Lorsqu'elle arriva à l'agence, elle constata qu'il ne s'était pas écoulé plus d'une heure depuis qu'elle avait quitté son appartement.

En rentrant, elle s'arrêta dans une droguerie. Elle acheta des sachets de plastique, des barquettes en papier d'aluminium et des étiquettes.

Posé sur le sol de la cuisine, le congélateur formait une masse blanche.

Elle tassa le tartare de haddock dans une barquette qu'elle étiqueta. Elle glissa les coquelets, les pâtes et le pain dans des sachets. Elle rangea tout dans le congélateur puis elle régla le thermostat du frigidaire afin qu'il retrouvât sa température habituelle.

Ils se revirent quelques jours plus tard.

Loïc sonna à la porte d'Hélène. Il l'entendit marcher sans hâte. Elle ne courait pas pour venir lui ouvrir. Elle n'avait pas guetté son arrivée, feuilletant un journal sans pouvoir le lire.

Elle l'embrassa sur les joues. Elle était légèrement maquillée. Il distingua des particules scintillantes dans sa poudre. Loïc n'avait jamais vu Hélène d'aussi près. Il ne l'avait jamais touchée, jamais effleurée. Il disait bonjour ou bonsoir sans lui serrer la main, sans même s'approcher d'elle.

Elle sentait encore les joues de Loïc sous ses lèvres. Elle s'assit à côté de lui. Elle l'avait embrassé près des yeux, là où la peau est douce. Elle respira profondément et but quelques gorgées d'eau.

Hélène avait des gargouillements d'estomac. Elle buvait sans doute beaucoup trop d'eau. Loïc se leva. Il l'emmena dîner.

Au restaurant, il lui déconseilla les crudités. Il l'empêcha de boire pendant le repas. Il employait des termes médicaux. Il parla de météorisme abdominal et de ballonnements. Elle l'écoutait attentivement. Elle n'avait commandé qu'un plat dont elle ne mangea que la moitié. Loïc avait faim. Il prit une entrée, de la viande, du fromage et un dessert.

Il se gara devant chez elle et coupa le contact. Ils sortirent de la voiture. S'il l'embrassait maintenant, le grondement du ventre d'Hélène résonnerait jusque dans sa bouche à lui, et leurs corps vibreraient ensemble. Il s'approcha d'elle.

Le silence de la rue rendait plus sonore encore le fracas de son estomac. Elle s'éloigna de Loïc. Elle lui souhaita une bonne nuit et, courant presque, elle disparut à l'intérieur de son immeuble.

Le surlendemain matin, à huit heures et demie, la concierge remit à Hélène son courrier. Il n'y avait qu'une lettre. C'était une ordonnance. En haut, à gauche, elle portait l'en-tête du service de gastro-entérologie d'un hôpital de l'Assistance publique de Paris suivi du tampon « Consultation gratuite ». L'ordonnance prescrivait trois gélules quotidiennes de Carbolevure à prendre avant chacun des principaux repas. Hélène regarda à l'intérieur de l'enveloppe. Pas un mot. Rien. Elle examina l'oblitération du timbre. La lettre avait été postée la veille, près de l'hôpital. Loïc avait donc rédigé l'ordonnance vêtu de la blouse blanche qui laissait entrevoir sa peau. Il écrivait avec un stylo à plume épaisse. Ses « o » et « a » étaient renflés, les lettres verticales et les barres des « t », fermes et droites. Sa signature était nerveuse mais lisible. Hélène sourit. Sur l'enveloppe, l'accent aigu et l'accent grave de son prénom étaient vigoureusement recourbés.

Le médicament ne coûtait pas cher. Elle demanda quand même au pharmacien une feuille de sécurité sociale qu'elle remplit dès son arrivée à l'agence. Elle la glissa dans une enveloppe adressée à son centre de paiement avec le duplicata de l'ordonnance et rangea l'original dans son portefeuille. Puis elle avala une gélule et commença à travailler.

Il invita Hélène à dîner chez lui.

Son frigidaire ne contenait que deux bacs à glaçons, une bouteille de vodka et un pot de miel durci. Loïc ne mangeait rien le matin. Il déjeunait souvent à l'hôpital et sortait tous les soirs. Il vérifia que le grille-pain fonctionnait. Catherine le lui avait offert peu de temps avant leur séparation, lorsqu'il s'était installé, seul, dans cet appartement. Il ne s'en était servi qu'une fois. Un dimanche. Ils prenaient leur petit déjeuner au lit quand Catherine laissa soudain tomber un toast. Des miettes s'éparpillèrent entre les draps. Loïc tenta de les balayer avec sa main. Elles sautaient et retombaient, se dispersant davantage. Catherine ne l'aida pas. Elle le regardait. Elle riait.

Il n'avait plus jamais utilisé le grille-pain. Il n'avait plus jamais revu Catherine.

Dès qu'elle arriva, Loïc déboucha une bouteille de champagne. Il portait un costume et une cravate. À chacun de ses mouvements, le tissu de sa veste se tendait sur son dos. Hélène regarda autour d'elle. Peu de meubles, un canapé, un fauteuil, des étagères. La lumière, blanche, provenait d'une lampe halogène. Le couvert était dressé sur une petite table ronde. Dans un plat, sur un lit de feuilles de salade, Loïc avait disposé quatre tranches de foie gras. Hélène s'approcha. Elles étaient rectangulaires, roses et épaisses. C'était du foie gras frais. Il y en avait sans doute près de cinq cents grammes.

Ils s'assirent face à face sur des chaises pliantes. Hélène parlait beaucoup. Elle buvait. Elle brandissait son verre vide et Loïc le remplissait. Elle se tut brusquement quand elle commença à manger le foie gras. Elle préparait chaque toast avec soin. Elle étalait d'abord la graisse, ensuite le foie, et elle ajoutait un peu de poivre. Elle mordait une bouchée. Elle restait un instant immobile. Puis tout son visage s'animait. Elle mâchait. Lorsqu'elle avalait enfin, son cou paraissait onduler.

Loïc n'aurait pas dû se coiffer. Ses cheveux, bien peignés, lui aplatissaient le crâne. Il n'était pas fait pour porter des costumes. Ses emmanchures semblaient trop étroites. Il lui fallait des vêtements souples, des cols ouverts, des manches à retrousser. Hélène ne voyait que ses poignets. Pourquoi étaient-ils bronzés, en novembre? Loïc avait peut-être participé à un congrès, au soleil. Il allait à la plage. Il lisait, allongé sur le ventre. Son dos était lisse. Il n'avait pas de boutons. Quelques grains de sable adhéraient à sa peau et la mer avait laissé du sel dans les poils de ses cuisses et dans ceux de ses reins. Sous le maillot de bain, ses fesses restaient blanches. Hélène avait soif. Elle reprit du champagne.

Depuis qu'elle avait cessé de manger, elle ne l'avait pas quitté des yeux. Lorsqu'il s'était levé pour desservir, Loïc avait senti le regard d'Hélène sur son dos. Il avait hésité à sortir de la cuisine. Il savait qu'elle le guettait, qu'elle fixait la porte, attendant qu'il réapparût. À présent, il était assis à côté d'elle, sur le canapé. Tournée vers lui, elle l'observait en souriant. Elle ne le regardait pas dans les yeux. Elle le regardait partout. Quand il parlait, elle regardait sa bouche. Quand il saisissait son verre, elle regardait ses mains et quand il respirait, elle regardait sa poitrine. Il pourrait lui donner un somnifère. Elle avait beaucoup bu. Elle ne tarderait pas à s'endormir. Elle fermerait enfin les yeux. Il la raccompagnerait chez elle. Il la soutiendrait. Mais elle se laisserait aller contre lui, lèvres et nez contre son cou. Comment la soulèverait-il? Elle était grande, elle serait lourde. Il passerait un bras sous ses cuisses, l'autre sous ses aisselles. Elle portait un pull-over. Son front luisait. Elle avait chaud. Ses aisselles seraient sûrement humides. Elle les avait peut-être rasées quelques jours auparavant et des poils commençaient à repousser. C'étaient des poils d'un à deux millimètres, raides et noirs, semblables à ceux qui demeurent sur la peau croustillante et grasse des canards rôtis.

Loïc resserra le nœud de sa cravate.

Hélène se leva. Elle avait mal à la tête, ses yeux étaient douloureux. Elle demanda à Loïc d'appeler un taxi.

Une voix enregistrée le pria de patienter. Hélène se repoudrait. Elle se recoiffait. Pourquoi ne l'avait-elle pas fait plus tôt? Elle allait sans doute rejoindre quelqu'un. Elle monterait dans le taxi et donnerait au chauffeur une adresse qui n'était pas la sienne. Elle se remaquille. Elle attend que la voiture s'arrête à un feu rouge pour se farder les yeux sans se blesser. Le taxi la dépose devant un immeuble. Elle appuie sur un bouton de l'interphone. Elle dit « C'est moi » et la porte s'ouvre. Elle se regarde dans le miroir de l'ascenseur. Un homme l'attend sur le palier. Il pose ses mains sur les cheveux d'Hélène et il la décoiffe. Il lui embrasse le visage. Il sent le goût de sa poudre.

La voix enregistrée lui demanda une fois de plus de ne pas quitter. Loïc raccrocha. Hélène ne prendrait pas de taxi. Il la reconduirait lui-même, chez elle.

Il la raccompagna jusqu'à la porte de son appartement. Elle ne lui proposa pas d'entrer. Il redescendit lentement l'escalier. Il s'assit dans sa voiture. Il ne démarra pas. Il attendait. Mais Hélène ne ressortit pas et aucun homme ne pénétra dans son immeuble.

Il acheva de débarrasser la table et rangea la cuisine. Au cours du repas, Hélène ne s'était pas levée pour l'aider. Il croyait encore sentir son regard. Loïc s'immobilisa. Il ignorait la couleur de ses yeux. Il ne se souvenait pas de ses vêtements. Il n'avait rien vu. Lui, qui, dans la rue, remarquait un collant filé, un ourlet défait ou la dentelle d'une combinaison dépassant au bas de la robe d'une inconnue, il ne savait pas, après avoir passé la soirée avec elle, si Hélène portait une jupe ou un pantalon. Il ne se rappelait qu'un pull-over, trop chaud, qui dégageait son cou. Rien d'autre.

Loïc viendrait vers huit heures et demie.

Avant d'aller travailler, Hélène sortit du congélateur le haddock, les pâtes et les coquelets. Elle n'aurait presque rien à préparer. Il ne manquait que le fromage et le dessert.

Elle rentra tôt du bureau. Elle changea les draps de son lit. Dans la salle de bains, elle accrocha un second peignoir. Elle l'avait acheté pour Simon. Lors de leur rupture, elle avait hésité à le lui donner. Elle l'avait gardé. Elle ne lui faisait jamais de cadeaux mais elle lui offrait souvent des fleurs. Simon voyageait beaucoup. Elle évitait de lui en apporter les jours précédant ses départs. Un soir, elle se rendit chez lui avec un gros bouquet. Simon le mit dans un vase et annonça qu'il partait le lendemain pour une semaine. Pourquoi ne l'avait-il pas prévenue? Quand il reviendrait, les fleurs seraient fanées. Il faisait ses bagages. Hélène attendit. Peut-être allait-il envelopper les tiges humides dans du papier d'aluminium afin qu'elle pût remporter le bouquet. Il s'approcha d'elle. Il l'embrassa. Elle ne voyait pas le visage de Simon contre le sien. Elle regardait les fleurs. Pour la première fois depuis trois ans qu'elle connaissait Simon, elle ne prit aucun plaisir à ses baisers.

Elle rentra chez elle sans le bouquet. Elle n'offrit plus jamais de fleurs à Simon. Peu de temps après, ils se séparèrent.

À peine arrivé chez Hélène, Loïc s'enferma dans la salle de bains.

Hélène entendit couler l'eau du robinet. Les mains de Loïc paraissaient toujours propres. À l'hôpital, il devait les laver souvent. Il portait des gants collants et transparents, des gants difficiles à enfiler qu'il retirait avec un claquement sec. Ses ongles étaient épais, coupés net, peu de rose et peu de blanc. Il ne les rongeait pas et n'en mordillait pas le pourtour.

Ses doigts auraient un goût de caoutchouc et de savon.

Au-dessus du lavabo, sur une étagère, il y avait deux verres mais une seule brosse à dents, des pots de crèmes et un stick de déodorant sans alcool. Loïc le déboucha et en fit pivoter la base. Un cylindre bleuâtre apparut. Loïc remit le bouchon mais il ne put le visser. Il avait oublié de faire rentrer le gel dans le stick. Le bouchon avait écrasé la surface translucide. Loïc la frotta contre la paume de sa main jusqu'à ce qu'elle redevînt lisse. Ses mains étaient gluantes. Il se savonna longuement puis il ouvrit l'armoire de toilette. Il sourit. Hélène possédait un flacon de mercurochrome. Quand il était enfant, lorsqu'il s'égratignait, sa mère l'autorisait à se colorer au mercurochrome un ongle ou deux, selon la gravité de la blessure.

Le téléphone sonna. Loïc sortit de la salle de bains. Hélène décrocha à la seconde sonnerie. Elle semblait serrer le récepteur contre son oreille, contre ses lèvres. Elle répondait par « oui » ou par « non ». Elle s'excusa de ne pas parler davantage. Elle expliqua qu'elle n'était pas seule. Elle se tut. Loïc entendit un son nasillard. Hélène dit « Mais non » avec un sourire. Après un silence, elle ajouta « Moi aussi » et elle raccrocha.

Elle attendait sans doute cet appel. Elle s'était précipitée sur le téléphone avant la fin de la deuxième sonnerie alors qu'elle préparait le dîner, dans la cuisine. Elle avait décroché, un torchon et une cuillère à la main.

Elle n'avait pas dit « Je suis avec Loïc ». Elle n'avait sûrement parlé de lui à personne, pas même à sa meilleure amie. Elle avait dit « Je ne suis pas seule ». Elle l'avait dit simplement, naturellement, sans émotion et sans mystère, sur le ton qu'employait Loïc pour dire « Je suis en consultation ». Elle avait ensuite ajouté « Mais non » pour rassurer l'homme. Car c'était un homme qui l'avait appelée. Sinon, pourquoi aurait-elle ainsi pressé sa bouche contre l'appareil? Au sourire qu'il avait perçu dans la voix d'Hélène, l'homme avait compris qu'il n'avait pas à être jaloux, qu'il n'avait rien à craindre. Rasséréné, il avait murmuré qu'il l'embrassait tendrement, qu'il avait hâte de la voir. Peut-être lui avait-il dit qu'il l'aimait. Et elle avait répondu « Moi aussi ».

Loïc reprit deux fois du haddock. Lorsqu'il découpa son coquelet, Hélène crut voir se gonfler les muscles de ses bras. Il portait une chemise et un pull-over décolleté en « V ».

Son cou était barré de deux rides horizontales, bien dessinées, presque parallèles.

Il était onze heures et demie. À peine Loïc eut-il bu son café qu'Hélène remporta le plateau à la cuisine. Il l'entendit ranger les tasses sales dans le lave-vaisselle. Elle attendait probablement qu'il s'en aille. Bientôt, elle bâillerait. Puis elle dirait qu'elle était fatiguée, qu'elle souhaitait se coucher. Elle mentirait. Son visage était lisse, ses yeux brillaient.

Elle lui demanda s'il désirait un alcool. Elle pensait sûrement qu'il refuserait. Il accepta. Elle apporta une bouteille et un verre qu'elle posa un peu brutalement devant lui. Il n'y toucha pas. Il n'aimait pas les alcools. Elle s'assit à côté de lui. Il ne partirait pas. Il passa son bras autour des épaules d'Hélène. Elle se tourna vers lui. Il l'embrassa.

La bouche d'Hélène s'ouvrit tout de suite.

La salive de Loïc était fluide et fraîche. Hélène essaya de s'allonger sur le canapé mais l'accoudoir l'en empêcha. La laine du pull-over de Loïc était douce sous ses mains. Elle referma ses doigts sur les muscles de ses bras. Elle l'attirait contre elle. Elle se serrait contre lui.

Elle lui faisait mal. Ses ongles allaient trouer son pull-over. La bouche d'Hélène s'était ouverte tout de suite. Elle s'était peut-être ouverte avant même qu'il ne l'embrassât. Elle était chaude. Chaude et molle. Ses lèvres étaient molles, sa langue était molle. Même ses dents paraissaient molles.

Elle se serrait tellement contre lui qu'il ne pouvait respirer au même rythme qu'elle. Il inspirait lorsqu'elle expirait et expirait quand elle inspirait. La langue d'Hélène envahissait sa bouche. Longue, large, énorme, elle atteignait presque sa gorge. Il avait beaucoup bu. Il avait mangé un coquelet entier. Il étouffait. Il tenta de repousser Hélène. Elle résistait. Elle était forte. Ses ongles s'enfonçaient dans les bras de Loïc.

Il parvint à s'écarter d'elle. La langue d'Hélène se retira. Il se dégagea complètement. Renversée contre l'accoudoir, elle le regardait. Il sentait, autour de sa bouche, l'odeur de la salive qui commençait à sécher mais il n'osa s'essuyer. Hélène s'allongea sur le canapé. Ses jambes étaient belles. Elle enleva ses chaussures. Elle portait de fins collants noirs dont le bout du pied et le talon étaient renforcés. Elle avait de petits pieds, des pieds de petite fille.

Loïc descendit rapidement l'escalier. L'une de ses paupières vibrait. L'air froid de la rue l'apaisa. Il allait monter dans sa voiture lorsqu'il s'aperçut qu'il avait oublié son blouson chez Hélène. Il tâta les poches de son pantalon. Son portefeuille et ses clefs y étaient. Il démarra.

Loïc reviendrait. Hélène enfouit son visage dans la doublure de lainage du blouson. Elle respira son odeur. Dans les poches, elle trouva une paire de gants plissés aux jointures, un paquet de chewing-gum et un kleenex encore humide.

Le lendemain, elle mettrait le blouson de Loïc. Elle le porterait jusqu'à ce qu'il vienne le reprendre.

Elle se coucha. Sa peau brûlait, au-dessus des seins, là où Loïc avait appuyé ses mains pour se dégager d'elle. Les draps lui parurent frais. Elle s'endormit.

Loïc s'éveilla les mâchoires douloureuses. Il avait froid. Il remplaça son blouson par un manteau acheté avec Catherine quelques années auparavant. Il ne l'avait jamais porté. Il se regarda dans une glace. Le manteau était trop long.

Il s'arrêta dans un tabac pour racheter du chewing-gum. Il en dépiauta une tablette qu'il tenta de mâcher. Il faillit hurler de douleur. Il ouvrit la bouche devant le rétroviseur. Ses gencives étaient rouges et enflées. Il avait certainement un abcès. À l'hôpital, un ami stomatologue le rassura. Ce n'était rien. Loïc avait violemment grincé des dents pendant son sommeil. Cela lui arrivait-il souvent? Loïc l'ignorait. Il dormait seul. Personne n'était là pour l'entendre. Il ne savait même plus s'il ronflait. Personne n'était là pour s'en plaindre. Mais c'était la première fois qu'il souffrait ainsi à son réveil.

Pour le déjeuner, il dut se contenter d'un peu de purée et d'une compote.

À l'agence, elle posa le blouson sur le dossier de sa chaise. Elle s'appuyait sur lui et le touchait. Elle n'avait pas jeté le kleenex. À présent sec et durci, il se trouvait toujours dans la poche extérieure droite.

Toute la journée, elle mâcha l'un des chewing-gums de Loïc. Avant le déjeuner, elle l'enveloppa dans un morceau de papier et elle le remit dans sa bouche après avoir bu son café. En rentrant chez elle, elle hésita à le cracher dans le caniveau. Il n'avait plus aucun goût, il était tout décoloré. Elle l'avala.

Elle enfilait sans cesse les gants de Loïc et elle faisait bouger ses doigts à l'intérieur. Ou alors elle laissait pendre ses bras et les gants tombaient tout seuls tant ils étaient larges.

Il ferait raccourcir son manteau ou il achèterait un autre blouson. Il essaierait de retrouver le même. Mais le cuir serait raide et il lui faudrait des mois pour s'assouplir.

Il composa le numéro d'Hélène. Il l'inviterait à déjeuner, il la raccompagnerait chez elle et il prendrait son vieux blouson. Il laissa sonner. Personne ne répondit. Il refit le numéro. Hélène était sortie. Elle dînait probablement avec une amie. Elle lui parlait peut-être de Loïc. Elle le décrivait. Elle disait qu'il n'était pas très grand, un peu plus petit qu'elle lorsqu'elle portait des talons, de sa taille quand elle était pieds nus. Et lorsque Hélène lui raconterait qu'il était parti de chez elle en oubliant son blouson, par ce froid, en plein mois de novembre, l'amie, avec un petit sourire de femme qui connaît les hommes, en déduirait qu'il désirait la revoir. Il ne la reverrait pas. Il lui demanderait de laisser le blouson chez la concierge. Il viendrait le chercher pendant la journée. Hélène serait à l'agence. Il ne la rencontrerait pas. Il ne regarderait pas ses jambes. Il ne verrait ni les ongles qui s'étaient enfoncés dans ses bras ni son ventre qui s'était gonflé contre le sien.

Il l'appela à son bureau. Elle n'était pas libre à déjeuner avant le milieu de la semaine suivante mais, s'il le voulait, elle pourrait dîner avec lui le lendemain soir. Il hésita. Pendu contre le mur, le manteau formait une longue tache grise. Loïc se décida. Il lui fallait son blouson. Il accepta. Hélène l'attendrait chez elle vers huit heures et demie. Sous la paume et les doigts de Loïc, le récepteur était trempé. Il le reposa et essuya sa main contre son pantalon.

Elle portait du rouge à lèvres. Pour la première fois depuis qu'il l'avait rencontrée, elle portait du rouge à lèvres. C'était sûrement pour l'empêcher de l'embrasser. À peine plus foncé que la couleur de ses lèvres, légèrement brillant, le rouge faisait paraître sa bouche plus grande et plus blanches ses dents. Il poussa Hélène contre le mur et l'embrassa.

Les mains de Loïc enserraient la tête d'Hélène et lui tiraient les cheveux. Elle essaya de bouger. L'une des mains glissa, lui pliant l'oreille. Loïc l'embrassait et elle ne sentait pas son baiser. Et s'il lui cassait l'oreille? Le cartilage resterait peut-être plié. Elle ne pouvait pas parler. Les lèvres de Loïc lui écrasaient la bouche. La poignée du placard contre lequel il la maintenait lui rentrait dans les reins. Elle repoussa Loïc de toutes ses forces. Elle s'éloigna du placard et se tâta l'oreille. Planté en face d'elle, Loïc la regardait. Il était barbouillé de rouge à lèvres.

Dans la salle de bains, elle se lava la figure.

Elle appliqua un coton imbibé d'eau froide sur son oreille puis elle se remaquilla et se recoiffa. Elle chercha sa boîte de kleenex mais ne la trouva pas. Elle arracha quelques feuilles de papier hygiénique et rejoignit Loïc. Il était toujours debout dans l'entrée. Sans prononcer une parole, elle lui nettoya le visage.

Elle s'aperçut alors qu'il était plus petit qu'elle.

Ils dînèrent dans un restaurant chinois. Loïc ne savait pas se servir des baguettes. Et il n'aimait pas les repas sans pain. Il ne comprit pas ce qu'Hélène commandait car elle ne donnait pas au serveur les noms des plats mais les numéros qui les désignaient. Elle mangea avec appétit. Les morceaux de viande et de légumes glissaient entre les baguettes de Loïc. Autour de son assiette, la nappe était couverte de taches. Hélène rajoutait du piment. Loïc posa ses baguettes. Il lui expliqua qu'elle avait tort de manger épicé. Il parla des méfaits du piment, d'irritation du côlon, de saignements et de diarrhées.

Hélène fit signe au serveur. Elle avait terminé.

Loïc commanda un alcool de riz. Il aspira fort par le trou de la petite coupe qui siffla joyeusement. Il déposa Hélène et rentra chez lui.

Elle l'avait repoussé. Il se souvenait des cheveux d'Hélène sous ses doigts et du goût de son rouge à lèvres. Mais il ne se rappelait ni l'intérieur de sa bouche ni son ventre contre le sien. Ce soir, Hélène n'avait eu ni visage ni corps. Rien que des cheveux, des lèvres fardées et des doigts maniant adroitement une paire de baguettes.

Au restaurant, il avait sali son pull-over et son pantalon. Il se déshabilla, jeta ses vêtements dans un sac de linge sale puis il se coucha.

Hélène se réveilla au milieu de la nuit. Pendant son sommeil, elle avait posé sa tête sur son oreille douloureuse. Elle se tourna de l'autre côté et se rendormit en souriant.

Hélène s'habilla. Elle mit un jean, une chemise, un pull-over, des chaussures plates et le blouson. Elle ne se parfuma pas afin que le blouson conservât le plus longtemps possible l'odeur de Loïc. Elle ne se maquilla pas. Elle s'observa devant un grand miroir. Elle ne ressemblait pas vraiment à Loïc, même en plaquant ses cheveux sur son crâne. Les manches du blouson étaient si larges qu'elles paraissaient vides. Elle prit dans son sac son portefeuille et ses clefs qu'elle glissa dans les poches intérieures du blouson.

Il était rare qu'elle portât un pantalon et des chaussures plates. Elle ne sortait jamais sans son sac. Ses pas se firent de plus en plus grands. Elle mit ses mains dans les poches, la main droite refermée sur le kleenex, la main gauche sur les gants. À l'agence, elle s'excusa. Elle ne reviendrait qu'après le déjeuner. Elle n'avait pas envie de travailler. Elle se promena plus de deux heures. Elle marchait vite. Elle traversa des passages cloutés en courant, s'élançant sur la chaussée juste avant que le feu rouge ne devînt vert. Elle courut après des autobus dont elle descendait à la station suivante. Il faisait froid. Le blouson lui tenait chaud.

Dans un bureau de tabac, elle acheta des cigarettes et des allumettes. Elle s'assit à une table, les jambes croisées, la cheville sur le genou, et elle commanda un sandwich et un café. Elle alluma une cigarette qu'elle écrasa après en avoir tiré une bouffée. Au moment de payer, elle chercha son sac et crut qu'on le lui avait volé. Puis elle se souvint qu'elle ne l'avait pas emporté. Elle régla l'addition. Elle ne laissa pas de pourboire.

Le lendemain soir, chez des amis, Loïc rencontra Brigitte. Elle était médecin. Elle avait une grosse bouche et des gros seins. Elle fumait beaucoup. La fumée s'échappait de ses lèvres sans qu'elle parût la souffler. Lorsqu'elle se leva pour partir, Loïc vit, à travers sa robe noire, les marques de son slip un peu trop serré. Il décida de la raccompagner.

Chez elle, ils se déshabillèrent. Elle fut nue avant lui. Étendue sur son lit, elle l'attendait. Son slip et ses collants avaient tracé deux lignes roses parallèles sur sa peau, l'une à la hauteur de ses hanches, l'autre autour de sa taille.

Loïc lui fit l'amour trois fois.

Elle posa sa tête sur son épaule. Ses cheveux ébouriffés lui rentrèrent dans les narines. Il éternua. La tête de Brigitte sauta et retomba.

Il la revit deux soirs de suite. Il passait la nuit chez elle. Il dormait bien. Il ne l'embrassait jamais. Ses lèvres étaient trop grosses. À son réveil, il l'observait. Sa peau était si fine et son corps si tendre que les plis des draps y imprimaient chaque nuit des dessins différents. Il la quittait après avoir posé un baiser sur sa joue, là où l'oreiller l'avait marquée.

Il rentrait chez lui pour se laver.

Hélène appela Loïc à l'hôpital. Il fut bref. Il ne pouvait pas lui parler. Il était en consultation. Il la rappellerait plus tard. Hélène raccrocha. Loïc examinait probablement un patient lorsque le téléphone avait sonné. Il n'avait sans doute pas eu le temps d'enlever ses gants avant de répondre et le caoutchouc avait couiné contre le plastique de l'appareil. Allongé sur la table d'examen, à moitié nu, le patient attend. C'est peut-être une femme. Elle le regarde pendant qu'il parle à Hélène. Elle voit, entre les pans de la blouse blanche, que son dos est bronzé. Il s'appelle Loïc. Elle l'a lu sur une ordonnance. Elle n'aime pas beaucoup ce prénom mais, curieusement, elle trouve qu'il lui va bien. Elle commence à avoir froid. Le contact du papier sur lequel elle est étendue est désagréable. Elle souffre un peu. Sera-t-il brutal? Il va lui palper le ventre. Il porte des gants. Elle ne sentira pas la chaleur de ses mains. Ses doigts seront lisses, ni chauds ni froids. Il a terminé sa communication. Il s'approche de la patiente. Il la touche à peine. C'est une crise d'appendicite. Il faut l'opérer. Il ne l'opérera pas lui-même. Il va l'envoyer à un excellent chirurgien qui lui fera une toute petite cicatrice invisible. Il lui sourit. Elle se rhabille. Il la raccompagne jusqu'à la porte. Elle marche gracieusement, elle croit qu'il la regarde s'éloigner. Mais il a déjà regagné son bureau. Il froisse la grande feuille de papier sur laquelle elle était allongée et il la jette à la poubelle.

Il la rappela. Ils convinrent de dîner ensemble le surlendemain.

Il se rendit chez Hélène en sortant de l'hôpital.

Dès qu'il arriva, il s'enferma dans la salle de bains. Un gant de toilette s'égouttait sur le rebord du lavabo. Hélène venait de se laver. La brosse à dents était mouillée. Hélène voulait avoir l'haleine fraîche au cas où Loïc l'embrasserait. Il vit, sur un coin de la baignoire, une boîte bleue. Une boîte plate, presque ovale, qui ressemblait à un grand poudrier. C'était la boîte d'un diaphragme. Loïc l'ouvrit. Elle était vide. Il sourit. Ainsi,

Hélène s'était préparée pour lui. Elle s'était soigneusement lavée et, jambes fléchies, un pied en appui sur le bord de la baignoire, elle avait mis son diaphragme. Puis elle avait enfilé un slip propre, neuf peut-être, avec le soutien-gorge assorti. Elle avait sûrement quitté son bureau plus tôt que d'habitude et elle était allée dans un magasin de lingerie. Elle avait essayé plusieurs modèles. Nue dans la cabine, elle avait sans doute eu froid. Elle s'était rapidement décidée. La vendeuse lui avait souri, complice. Et maintenant, elle était assise à côté de lui, propre, dans ses beaux dessous, avec, dans la bouche, le goût du dentifrice. Il lui parlait et elle ne l'écoutait pas. Elle pensait au moment où il se déciderait à poser la main sur elle, à la toucher, à la caresser. Elle y penserait au restaurant et dans la voiture, au retour. Jusqu'à ce qu'il s'arrête devant chez elle, sans se garer, sans couper le contact. Là, elle comprendrait. Les sous-vêtements neufs et le diaphragme n'auraient servi à rien. Elle rentrerait seule. Dans la salle de bains, elle verrait le gant de toilette avec lequel elle s'était lavée et la boîte bleue et elle se jetterait sur son lit en pleurant. Lui, il irait chez Brigitte. Il s'enfoncerait dans son corps blanc et dodu, sans replis et sans os, où rien, ni les genoux ni les coudes, n'était dur.

Elle se pencha pour se servir un verre. Il vit, à travers son chandail, le dessin de sa colonne vertébrale. Il posa ses doigts sur la nuque d'Hélène. Ils descendirent jusqu'à sa taille, butant légèrement sur l'attache du soutien-gorge.

Les dents d'Hélène sentaient la menthe. La langue de Loïc s'attarda sur une fine lésion, à l'intérieur de sa bouche. Elle avait dû se mordre la joue.

La salive de Loïc était si liquide et si abondante qu'Hélène eut l'impression d'en avaler plusieurs gorgées.

Il l'embrassa dans le cou. Elle renversa la tête en arrière et il vit le dessous de son nez, deux trous noirs en forme de petits flageolets.

Il fit passer son pull-over par-dessus sa tête et déboutonna sa chemise.

Elle s'agenouilla par terre, sur la moquette. Loïc l'y rejoignit. Elle posa ses lèvres sur l'angle du torse et du bras de Loïc, entre le sein et l'aisselle. La peau était un tout petit peu plissée. Il avait une odeur douce, une odeur légère qu'Hélène n'avait pas pu sentir dans le blouson, étouffée par celle, plus puissante, du cuir. L'odeur était partout, sur ses bras, son ventre, sur sa poitrine, dans son cou, sur son dos, mais pas dans ses cheveux qui sentaient le shampooing, ni sur ses joues qui ne sentaient rien. Était-ce le parfum d'un adoucissant textile ajouté à la dernière eau de rinçage de sa chemise qui avait ainsi imprégné sa peau?

Elle le chatouillait. Était-ce son nez, ses lèvres, sa langue ou son menton qui parcouraient son corps? Il se laissait faire, les yeux mi-clos.

Brusquement, il la renversa. Elle se retrouva allongée sur le dos. Il était debout, au-dessus d'elle. Elle crut un instant qu'il allait partir, partir immédiatement, torse nu, oubliant tout, chemise, pull et manteau et même les clefs qui étaient tombées de son pantalon. Elle l'imaginait dans sa voiture, la main sur le levier de vitesse, son dos humide adhérant au siège. Mais il ne partait pas. Il restait là. Il la regardait. Elle aurait pu s'endormir ainsi, pendant qu'il la regardait. Elle aurait de temps en temps entrouvert les paupières et elle l'aurait vu, immobile, doré, épais et grand.

Elle avait enlevé ses chaussures. Ses derniers orteils étaient si petits qu'ils n'avaient probablement pas d'ongles. Il s'accroupit près d'elle, défit sa jupe. Elle prit appui sur ses talons et souleva les fesses. Il fit glisser la jupe le long de ses jambes. Elle ne portait pas de slip sous ses collants. Il eût préféré découvrir d'abord ses pieds puis ses genoux, ses cuisses et enfin son ventre. S'il lui retirait ses collants, le bas de son corps serait tout de suite complètement nu. Elle attendait, rentrant le ventre, repliant les jambes.

Pourquoi ne continuait-il pas à la déshabiller? Elle se redressa et enleva elle-même ses collants. Loïc était debout. Elle s'approcha de lui. Elle l'enlaça. L'étoffe du pantalon était rêche contre ses cuisses nues. Il l'embrassa. Leurs dents se heurtèrent. Hélène glissa sa jambe entre les jambes de Loïc, son pied entre ses chaussures, de grosses chaussures d'hiver aux semelles épaisses et dures.

Les boutonnières du pantalon de Loïc étaient étroites, difficiles à ouvrir. Il ne l'aida pas. Il avait un peu écarté les bras. Le pantalon, lesté par le contenu des poches, tomba tout seul sur ses chevilles. Loïc ne bougeait toujours pas. Hélène se pencha davantage pour lui délacer ses chaussures.

L'écran de la télévision éteinte lui renvoyait l'image déformée d'Hélène, nue de la taille aux pieds, penchée en avant. Les yeux fixés sur le reflet, Loïc souriait. Il avança la main et caressa les reins d'Hélène. C'était la première fois qu'il la touchait ainsi. Qu'avait-il fait de ses mains depuis le début de la soirée? Où les avait-il posées? Il n'avait jamais senti sous ses doigts la peau d'Hélène. Il lui retira son pull-over et son soutien-gorge. Elle était nue. Lui, il n'avait qu'un pas à faire, en avant, en arrière ou sur le côté, pour sortir de ses chaussures et de son pantalon. La peau d'Hélène était belle, inégalement douce.

Hélène sentait les mains de Loïc sur sa peau.

Loïc n'était jamais entré dans la chambre d'Hélène. De part et d'autre du lit, aussi large que long, il y avait une table de nuit. Sur chaque table, une lampe de chevet. Les mêmes tables et les mêmes lampes. Hélène s'était allongée au milieu du lit, exactement au milieu. Le couvre-lit pendait des deux côtés, autant de tissu à gauche qu'à droite. Loïc allait s'allonger sur elle. Ils feraient l'amour sans froisser les draps ni les couvertures, sans rien défaire. Puis ils se laveraient et ils se rhabilleraient. Elle tapoterait le lit. Pas de plis ni de taches, pas de poils et pas d'odeurs. Aucune trace. Comme les autres soirs, ils iraient dîner au restaurant. Il dormirait peut-être chez elle et, le lendemain ou le surlendemain, en allant travailler, elle porterait les draps chez le teinturier. Ils en reviendraient propres, repassés, un peu raides.

Il se pencha sur elle et lui saisit le poignet. Il l'obligea à se relever. Il arracha le couvre-lit et les couvertures. Il poussa Hélène. Elle tomba à la renverse sur le lit, en diagonale.

Il se jeta sur elle. Elle tendit le cou et entrouvrit la bouche. Elle voulait l'embrasser. Il ne l'embrassa pas. Il la pénétra, facilement. Il lui mordit les cheveux.

Le nez d'Hélène était contre la clavicule de Loïc, ses yeux contre son cou, contre un petit bouton rouge, translucide, qui contenait un poil de barbe. Elle tenta de détourner la tête. Elle n'y parvint pas. Loïc tenait entre ses dents une épaisse mèche de ses cheveux. Elle glissa ses mains sur sa poitrine et le repoussa. Il lâcha ses cheveux. Il se détacha d'elle. Elle s'allongea sur le dos et vint sur lui.

Il ne bougeait pas. Elle s'agitait. Elle faisait des bruits mous. Elle se frottait contre lui. Ça clapotait. Le haut de ses cuisses était trempé. Elle avait de petits seins. Elle fermait les yeux, les rouvrait. Les mèches de cheveux qu'il avait mordillées, collées par la salive, étaient devenues plus foncées. Hélène lui parut soudain très grande et très forte. Il gémit.

Ils étaient étendus côte à côte. Hélène ne s'était pas blottie contre lui, la tête sur son épaule, les lèvres dans son cou. Elle ne le touchait pas, ni du bras, ni de la hanche, ni de la jambe. Immobile, les yeux ouverts, elle respirait calmement. Depuis qu'il l'avait embrassée, au début de la soirée, elle n'avait pas dit un mot. Elle n'avait pas gémi, elle n'avait pas crié. Elle n'avait pas même soupiré. Rien. Pas une seule fois il n'avait entendu sa voix. Pendant qu'ils faisaient l'amour, il n'y avait eu que le clapotement de son sexe mouillé. Et ses gémissements à lui.

Bientôt elle se lèverait. Il entendrait l'eau couler dans le lavabo. Hélène passerait entre ses cuisses le gant de toilette enduit de savon. Elle se rincerait. Par terre, elle aurait étalé un tapis de bain afin de ne pas éclabousser le carrelage. Elle s'essuierait. Le lavabo se viderait et le dernier poil disparaîtrait en tournoyant dans le trou de vidange. Hélène reniflerait ses doigts. Ils sentiraient le savon. Satisfaite, elle sortirait de la salle de bains.

Loïc se leva. Il se doucha. De la chambre, Hélène lui cria de prendre le peignoir propre, le bleu.

Le peignoir traînait sur le sol, les manches pendaient au bout des doigts de Loïc. À qui appartenait-il? À un homme beaucoup plus grand que lui, un homme qui avait les yeux bleus, du même bleu que le peignoir. Sinon, pourquoi cette couleur? Loïc se débarrassa du peignoir. Il acheva de se sécher avec une petite serviette.

Dans le salon, il ramassa ses vêtements. Il se rhabilla rapidement. Ses mains tremblaient un peu. Il eut du mal à lacer ses chaussures. Il n'irait pas dîner avec Hélène. Il partirait. Il la quitterait. Il ne la reverrait plus jamais.

Elle s'était levée. Par la porte ouverte de la salle de bains, il la vit se recoiffer. Elle ne se lava pas. Elle vint s'asseoir près de lui sur le canapé. L'intérieur de ses cuisses était encore humide. Elle enfila ses collants, remit sa jupe, son soutien-gorge, son pull-over et ses chaussures. Elle prit son manteau et son sac. Elle était prête. Elle ne s'était même pas lavé les mains.

Il l'emmena dîner.

Ils rentrèrent chez Hélène. Ils se couchèrent dans les draps.

Allongée sous Loïc, Hélène fermait les yeux. Il était lourd. Il lui écrasait la poitrine, le ventre et les cuisses. Il l'embrassait et ses joues rêches lui irritaient la peau. Elle caressait ses épaules, ses bras, son dos.

Il ne voyait pas ses yeux. À quoi pensait-elle? Elle le comparait probablement à l'autre. Elle trouvait les épaules de Loïc moins larges, ses bras moins musclés, son dos plus court. Elle respirait de plus en plus fort. Chacune de ses inspirations soulevait Loïc. Soudain, elle sembla se dégonfler. Son corps s'aplatit. Loïc ne sentit plus les mains d'Hélène sur sa peau. Il tombait. Elle ne le retenait pas.

Il se décolla précautionneusement d'elle. Dans la salle de bains, il fit couler l'eau du robinet. Il s'empara du gant de toilette d'Hélène qui gisait toujours sur le rebord du lavabo. Il le laissa s'imbiber d'eau fraîche et le porta à son visage. Le gant allait toucher son front lorsque Loïc le lâcha. Il retomba avec un son mou, bouchant le trou d'évacuation. Loïc emplit d'eau le creux de ses mains jointes et s'aspergea le visage. Il se sentit mieux. À travers le tissu éponge, l'eau s'écoulait à peine. Loïc écarta le gant à l'aide du manche de la brosse à dents d'Hélène.

Hélène reprenait son souffle. Elle sursauta en voyant Loïc debout. Elle croyait encore sentir son poids sur elle. Il se glissa dans le lit et ramena draps et couverture sous son menton. Son corps était froid. Il se serra contre Hélène, la main sur son ventre, le nez contre son épaule. Il s'endormit.

Hélène ne dormait pas. Elle bougeait le moins possible de peur de réveiller Loïc. De temps en temps, de son pied et de son genou, elle agitait un peu le drap, recevant ainsi par bouffées l'odeur de leurs corps. Ces petits courants d'air soulevaient légèrement les cheveux de Loïc.

Elle ne pouvait pas dormir étendue sur le dos. Elle se dégagea doucement de Loïc. Elle s'allongea sur le ventre, glissa ses bras sous l'oreiller. Ils avaient fait l'amour deux fois. Avec Simon, elle l'avait fait plus de quatre cents fois.

Hélène se releva. Dans son bureau, elle alluma. Elle prit au bas d'un placard une boîte à chaussures qu'elle posa sur la table. Elle l'ouvrit. La boîte contenait les souvenirs de Simon. Bouchons de bouteilles de champagne, emballages dorés ou argentés de chocolats et de marrons glacés, fleurs séchées, deux foulards, un petit savon pris dans la salle de bains d'un hôtel où ils avaient passé une nuit, une brosse à dents presque neuve qui avait appartenu à Simon. Hélène en caressa les soies. Une fine poudre blanche, du dentifrice sec, voleta. Au fond de la boîte, une montre dorée. Elle ne marchait plus. La pile était usée. Hélène approcha la montre de la lumière et la retourna dans tous les sens. Elle l'avait déjà examinée lorsque Simon la lui avait offerte. Le boîtier était parfaitement lisse. Il n'y avait pas de poinçon. Elle déplia les foulards. Elle ne les avait jamais portés. Elle frissonna. Elle avait froid. Elle remit tout dans la boîte qu'elle ferma et qu'elle rangea. Elle se recoucha sur le ventre, contre Loïc.

Loïc s'éveilla. Il avait trop chaud. C'était Hélène qui lui tenait chaud. Là où son corps l'avait touché, la peau était moite. Il était au bord du lit. Elle prenait toute la place.

Il n'allait pas pouvoir se rendormir. Elle, elle dormait. Sa position, joue appuyée sur l'oreiller, lèvres entrouvertes, yeux fermés, lui déformait le visage. Il distingua une tache humide sur la taie, sous sa bouche. L'intérieur de ses cuisses devait être poisseux, les poils de son sexe collés par le sperme.

Loïc se leva. Il rabattit les couvertures. Il passa ses bras autour des jambes d'Hélène et la tira vers le bord du lit. Elle ne se réveilla pas mais elle fit un bruit avec sa bouche. Loïc attendit quelques secondes puis il tira l'oreiller sur lequel reposait la tête d'Hélène. Enfin, il la recouvrit. Il contourna le lit et se coucha de l'autre côté. Au moins un mètre les séparait. Il tressaillit. Elle l'avait touché. Avec quoi l'avait-elle touché? Il souleva les couvertures. Un des bras d'Hélène n'avait pas suivi le reste de son corps. Il était resté étendu en travers du lit. Loïc le repoussa. Elle avait le sommeil lourd. Elle dormait comme si elle était seule dans le lit. Si Loïc se rhabillait et partait, elle ne s'en apercevrait même pas. Elle continuerait à dormir, les jambes jointes, un bras sous l'oreiller, l'autre le long du corps, rêvant peut-être d'un autre homme auprès duquel elle ne trouverait pas le sommeil.

Il faisait noir. Loïc ne voyait plus Hélène. Il ne sentait plus son odeur. Il ne l'entendait pas. Il n'entendait rien, ni le claquement d'une portière de voiture, ni le pas d'un voisin, ni le ronflement du frigidaire, ni le tic-tac du réveil. Rien. Le lit était trop grand. Loïc avait froid. Il pourrait se serrer contre Hélène, se blottir contre sa chair chaude, respirer doucement et silencieusement, au même rythme qu'elle. Le contact frais de la peau de Loïc la réveillerait. Elle bougerait. Elle le prendrait dans ses bras, elle le réchaufferait et il s'endormirait. Il se rapprocha d'Hélène. Il se recroquevilla à quelques centimètres d'elle, sans la toucher. Il retint son souffle. Rien ne se produisit. Elle ignora la présence de Loïc. Elle ne sentit pas qu'il était si proche d'elle. Elle ne se réveilla pas.

Hélène tendit un bras hors du lit pour arrêter la sonnerie de son réveil. Il était huit heures moins le quart. La vue de son bras la surprit. Il était nu. D'habitude, elle dormait vêtue d'un tee-shirt à manches longues. Elle se retourna d'un bond. Loïc était tout près d'elle. Leurs corps se touchaient presque. Il dormait encore. Hélène ne le réveilla pas. La veille, avant de se coucher, elle ne s'était pas lavé les dents. Elle souffla contre la paume de sa main et inspira. Elle avait mauvaise haleine.

Loïc n'avait pas dormi de la nuit. Lorsque la sonnerie du réveil avait retenti, il avait fermé les yeux et cessé de bouger. Hélène avait mis longtemps, plus de dix secondes, avant de se rappeler sa présence. Lorsqu'elle s'était enfin tournée vers lui, avait-elle souri? Était-elle déçue? Les yeux fermés, il n'avait pu voir son visage. Elle ne l'avait pas embrassé. Elle ne lui avait même pas parlé. Et maintenant, elle se brossait les dents. Elle faisait couler son bain. Elle ne changeait rien à ses habitudes.

Loïc entendit les crachotements de la cafetière électrique. Comment savait-elle qu'il prenait du café? Elle ne le lui avait pas demandé. Elle avait fait du café machinalement, par habitude, parce que l'autre homme en buvait. Toute la nuit, ils dormaient l'un contre l'autre. Elle prenait son bain pendant qu'il se rasait. Dans la baignoire, elle chantonnait. Ils s'asseyaient face à face dans la cuisine. Hélène versait du café dans les tasses. Elle mettait elle-même deux sucres dans celle de l'homme. Il beurrait des tranches de pain grillé, étalait la confiture. Il portait son peignoir bleu. Hélène lui souriait. Elle le trouvait beau avec ses yeux assortis au tissu éponge. Elle se levait et, par-dessus la table, elle l'embrassait. Leurs bouches avaient un goût de café.

Hélène prépara le plateau du petit déjeuner qu'elle posa près du lit. Elle s'approcha de Loïc et l'appela doucement, dans le creux de l'oreille. Il ne réagit pas. Elle se glissa près de lui et l'embrassa dans le cou. Il ouvrit les yeux. Il serra Hélène contre lui.

Même le matin, la salive de Loïc était fraîche.

Elle soupira contre sa bouche. Il la serra plus fort dans ses bras.

Le robinet coulait toujours. La baignoire devait être pleine. Il fallait arrêter l'eau. Hélène repoussa Loïc. Le bain avait presque débordé. Elle tourna le robinet et vida la baignoire jusqu'à ce que l'eau eût atteint un niveau normal.

Loïc se leva brusquement. La tête lui tourna un peu. Il se rhabilla. Hélène rentra dans la chambre. Elle était nue. Loïc s'excusa de partir si vite. Il ne s'était pas rendu compte de l'heure. Il n'avait même pas le temps de boire une tasse de café. Hélène ne fit rien pour le retenir. Elle le suivit dans l'entrée. Il boutonna son manteau, remonta le col, enfonça ses mains dans les poches.

Il lui parut soudain haut et large avec tous ces vêtements. Hélène se sentit petite, blanche et sans poids. Elle posa ses pieds nus sur les grosses chaussures de Loïc et, le tenant par les épaules, elle l'embrassa légèrement sur la bouche, entre les deux pans du col. Il ne referma pas ses bras sur elle. Elle reposa ses pieds par terre. Elle avait froid. Loïc ouvrit la porte, descendit l'escalier. Hélène resta seule. Elle grelottait.

Elle entra dans son bain, rajouta de l'eau chaude. Elle se savonna, effaçant à regret les traces et les odeurs de la nuit. Ses cheveux n'étaient pas propres. Elle ne les lava pas. Elle remit ses habits de la veille. Elle appliqua de la crème autour de sa bouche, sur ses joues, sur son menton et sur le bout de son nez, là où la peau était irritée. Assise sur son lit, elle avala une tasse de café tiède. Puis, vêtue du blouson de Loïc, elle partit travailler.

Le soir, avant de se coucher, Hélène resta un long moment immobile devant le lavabo plein d'eau, un gros savon dans la main droite, les collants qu'elle venait d'enlever dans la main gauche. Elle hésitait à les laver. Elle se décida. Elle vida le lavabo et reposa le savon. Elle glissa les collants roulés en boule sous son oreiller. Le lit était en désordre, elle s'y coucha sans le refaire. Elle s'endormit sur le ventre, les doigts refermés sur les collants.

Elle s'éveilla de bonne humeur. En se levant, elle aperçut, par terre, sur la moquette, des pièces de monnaie. Elles ne lui appartenaient pas. Son porte-monnaie se trouvait dans son sac et aucune pièce n'avait pu en sortir. Elles étaient sûrement tombées du pantalon de Loïc. Elle les ramassa et les compta. Il y en avait quatorze. Elle les aligna sur le lit par ordre de valeur. Qu'allait-elle en faire? Les rendre à Loïc? Les garder en souvenir? Il ne les avait pas laissées tomber exprès. Ce n'était pas un cadeau. Ce ne serait pas vraiment un souvenir. Elle dépenserait cet argent avec Loïc. Si elle sortait avec lui, en voiture, dans la journée, elle glisserait les pièces dans la fente d'un parcmètre. Mais elle ne pourrait les utiliser toutes car les parcmètres n'acceptent pas les plus petites pièces. Elle achèterait quelque chose qu'elle partagerait avec lui. Deux gâteaux, par exemple. Ils en mangeraient chacun un. Elle prit une enveloppe blanche dans laquelle elle rangea les pièces. Puis elle la cacheta et la mit dans son sac. Elle n'eut pas besoin de noter la somme qui y était contenue. Elle s'en souviendrait.

Loïc passa les trois nuits suivantes chez Brigitte. Il lui faisait l'amour longtemps. Il l'observait. Elle fermait les yeux. Sa grosse bouche s'ouvrait. Toutes les sept ou huit secondes, il en sortait de petits gémissements, ni forts ni faibles. Ses gros seins tressautaient. Elle appelait Loïc. Elle lui parlait. Il essayait de ne pas l'entendre. Peu à peu, les lèvres de Brigitte s'écartaient davantage, ses gémissements devenaient plus longs, plus rapprochés. Brusquement, elle fermait la bouche, elle ouvrait les yeux. Loïc cessait alors de la regarder. Il éjaculait silencieusement.

Brigitte mettait du temps à reprendre son souffle. Elle haletait encore lorsqu'il s'endormait.

Il ne se souvenait pas très bien du corps d'Hélène, encore moins de son visage. Elle allait peut-être lui téléphoner. Il écouterait sa voix et il retrouverait la forme de ses épaules, celle de sa bouche. Il se rappellerait le goût de ses cheveux, les nuances de sa peau et l'odeur du lit. Il la reverrait, enfilant ses collants sur ses cuisses poisseuses ou, penchée sur lui, murmurant son prénom.

Elle ne lui téléphona pas. L'avait-elle oublié? Elle avait sans doute rangé le blouson dans un placard. Les draps étaient chez le teinturier. Chez elle, dans son appartement, il n'y avait plus aucune trace de Loïc. Il aurait dû la mordre, la blesser. Une petite plaie sur l'articulation de l'index de la main droite, juste assez douloureuse pour qu'Hélène se souvienne de lui chaque fois qu'elle plierait le doigt. Mais elle cesserait de penser à lui dès que la plaie serait cicatrisée. D'autant plus que, dissimulée dans les plis de l'articulation, la cicatrice serait invisible.

Loïc téléphona à Hélène. Elle l'invita à dîner chez elle le surlendemain.

C'était la saison des huîtres. Hélène décida d'en acheter deux douzaines. Au dernier moment, elle se ravisa. Si Loïc était retenu à l'hôpital, s'il ne venait pas, que ferait-elle de toutes ces huîtres? Elle pourrait en manger une douzaine, pas davantage. Elle serait donc obligée de jeter l'autre. On ne peut pas congeler les huîtres. C'est peut-être même le seul aliment que l'on ne peut absolument pas congeler. Elle acheta une entrecôte, une salade et une livre de haricots verts extrafins, pour Loïc.

Elle éplucha les haricots. Loïc n'allait pas tarder à arriver. Elle se changea et se maquilla.

Il était huit heures et demie. Loïc rentra de l'hôpital. Il n'irait pas chez Hélène. Elle avait probablement déjà préparé le dîner. Elle avait fait sa toilette, mis son diaphragme. Elle lisait le journal, vérifiait son maquillage et sa coiffure, regardait la télévision, passant gaiement d'une chaîne à l'autre. Elle attendait. Elle commencerait à s'impatienter vers neuf heures et quart. Elle baisserait le son du téléviseur afin de mieux entendre les bruits de la cage d'escalier. Une vingtaine de minutes plus tard, elle éteindrait le poste. Elle resterait immobile sur son canapé, les coudes sur les genoux, le menton dans les mains. Chaque craquement dans l'escalier, chaque vibration de l'ascenseur la feraient sursauter. Mais aucune semelle ne se frotterait à son paillasson et personne ne sonnerait à sa porte. Et puis elle s'inquiéterait. Elle téléphonerait chez lui. Il ne répondrait pas.

Loïc avait sans doute eu un empêchement. Il aurait quand même pu téléphoner. Le film était terminé. Hélène avait faim. Elle mangea de la salade et du fromage et congela la viande et les haricots verts. Heureusement qu'elle n'avait pas acheté d'huîtres. Elle se coucha et s'endormit.

Loïc regarda sa montre. Il était onze heures et demie. Ses membres étaient ankylosés. Il n'avait pas bougé de son fauteuil depuis le début de la soirée. Que faisait Hélène? Il souleva le récepteur du téléphone, écouta la tonalité et raccrocha. La ligne n'était pas en dérangement. Loïc n'avait pas dîné. Il prit dans son frigidaire le vieux pot de miel et tenta d'en étaler sur des biscottes. Elles se brisèrent toutes. Il les mangea. Il remarqua, pour la première fois, combien les biscottes pouvaient être bruyantes lorsqu'on les mâchait. Il s'interrompit à plusieurs reprises, la bouche ouverte, craignant de ne pas entendre la sonnerie du téléphone. Il marchait de long en large. Soudain, il aperçut, dans le dessin du tapis, une forme qui ressemblait à une tête de chien. Il ferma les yeux, les rouvrit. La tête de chien était toujours là. Il s'éloigna, revint. Il ne voyait plus qu'elle. Il enfila son manteau et quitta son appartement.

En moins de dix minutes, il fut chez Hélène. Il ne vit pas de lumière à ses fenêtres. Il monta l'escalier et colla son oreille contre la porte. Il crut entendre un bruit étouffé. Ce n'était que le froissement de ses cheveux sur le bois. Hélène s'était déshabillée. Elle avait retiré son diaphragme. Il ne lui avait servi à rien. Elle l'avait gardé en elle plus de trois heures pour rien. Il était chaud et onctueux. Elle l'avait rangé dans sa boîte après l'avoir lavé et essuyé. Et maintenant, elle dormait.

Il n'était pas venu. Il ne l'avait même pas

prévenue. Et Hélène ne s'était pas inquiétée de son absence. Elle dormait.

Loïc s'assit sur une marche. Il arracha une feuille de son agenda et écrivit un mot d'excuses qu'il glissa sous la porte.

Il se gara face à l'immeuble de Brigitte. Son appartement était éclairé. Il lui ferait l'amour et il dormirait chez elle. Il traversa la rue et composa le code d'entrée. Les seins de Brigitte allaient s'agiter, les petits sons sortiraient de ses grosses lèvres et elle jouirait en grouillant sous lui. Il remonta dans sa voiture. Il rentra chez lui. Son lit était glacé. Loïc avala deux comprimés de somnifère.

Le lendemain, la voix d'Hélène était calme. Elle accepta de dîner avec lui le soir même.

Loïc se décommanda en début d'après-midi. Il prononçait « Hélède ». Il avait la grippe.

Hélène lui rendit visite en fin de journée. Elle s'arrêta dans un supermarché. Elle acheta des oranges, des flocons de purée de pommes de terre et du jambon emballé sous vide. Loïc avait le nez bouché. Il ne sentirait aucun goût.

Elle attendit longtemps qu'il vienne lui ouvrir la porte. Elle l'avait réveillé. Il se recoucha dès qu'elle fut entrée. Elle rangea les provisions dans la cuisine.

Loïc avait fermé les yeux. Il grelottait. Il avait sûrement beaucoup de fièvre. Hélène fouilla la salle de bains mais ne trouva pas de thermomètre. Elle posa sa main sur le front de Loïc. Il était brûlant. Son corps devait être tout chaud sous les couvertures. Elle se déshabilla et se coucha.

Le lit bougeait. Le matelas était en pente. Loïc sentit qu'un trou se creusait à côté de lui. Il allait glisser. Il ne pourrait pas remonter.

Il était immobile. Sa bouche était ouverte. Elle était probablement très chaude et très sèche. Comment seraient les baisers de Loïc sans salive?

Hélène se pencha sur lui. Elle l'embrassa.

Il suffoquait. Il étouffait. Une chose fraîche était rentrée dans sa bouche, qui l'empêchait de respirer. Il tourna brusquement la tête sur le côté. L'air revint. Tout était noir. Loïc s'aperçut qu'il avait toujours les yeux fermés. Il les entrouvrit. Des yeux étaient tout près des siens. Des yeux avec de grands cils durs et noirs. Il se mit à trembler. Les yeux s'éloignèrent. Loïc découvrit un visage. Le visage s'anima et lui parla doucement. C'était Hélène. Les grands cils ne lui feraient pas de mal. Il était dans son lit et Hélène était près de lui. Il cessa de trembler.

Loïc dormait. Son nez coulait légèrement. Ses pommettes étaient rouges, ses cheveux en désordre. Il transpirait. La sueur faisait paraître sa peau plus douce encore. Dans l'échancrure de la veste de pyjama, ses clavicules luisaient.

Il se réveillerait peut-être bientôt. Elle le déshabillerait. Elle s'allongerait sur lui. Leurs corps glisseraient l'un contre l'autre avec des bruits mouillés.

Elle essayait de ne pas le regarder. Elle

s'écartait de lui. Elle lui tournait le dos, fermait les yeux. Elle ne sentait que davantage sa chaleur. Elle changeait de position, revenait vers lui. À chaque inspiration, la poitrine de Loïc brillait. Hélène voyait des reflets sur sa peau. Elle respirait son odeur.

Elle se leva, but un verre d'eau, debout dans le salon. Le corps de Loïc semblait chauffer tout l'appartement. Elle se recoucha lourdement. Elle toussa. Elle heurta de son pied la jambe de Loïc. Il ne bougea même pas. Hélène soupira. Elle ne pourrait pas s'endormir.

Elle se rhabilla et rentra chez elle. Ses draps étaient propres et frais, leurs plis bien nets. Elle ne dormit pas de la nuit.

Le lendemain après-midi, Loïc retourna travailler. Il téléphona à Hélène en rentrant de l'hôpital. Elle était couchée. Elle avait trente-neuf huit.

C'était sa grippe qu'elle avait attrapée. Sa grippe et son rhume. Loïc se rendit chez elle.

Elle n'était pas très enrhumée. Sa gorge n'était pas rouge. D'ici trois ou quatre jours, sa fièvre serait tombée. Dans une semaine, elle ne se moucherait même plus.

Il fit chauffer de l'eau pour lui préparer une infusion. Il chercha de l'aspirine. Il en trouva dans un tiroir de l'armoire de toilette, avec un tube de vitamine C, un coupe-ongles et un petit nécessaire de couture dans une pochette en carton. Un nom était imprimé sur le rabat. C'était le nom d'un hôtel de la côte normande. Hélène y avait sûrement séjourné avec l'autre homme. Ils ne sortaient pas. Ils restaient dans leur chambre. Ils y faisaient l'amour. Ils y prenaient leurs repas. Ils mangeaient avec appétit. Ils s'embrassaient la bouche pleine. Et maintenant, alors qu'elle somnolait, abrutie par la fièvre, Hélène y songeait peut-être encore. Et lorsque tout à l'heure Loïc lui apporterait un bol de tisane, elle croirait un instant revoir cet homme qui, au matin, posait doucement sur leur grand lit le plateau du petit déjeuner.

Il vit la boîte bleue du diaphragme d'Hélène. Il l'ouvrit. Le diaphragme s'y trouvait. Loïc le prit dans sa main gauche. Il tendit entre ses doigts la membrane souple et bombée. De sa main droite, il retira une épingle de la pochette. Et il piqua le diaphragme. Il le piqua quinze fois. Quinze piqûres bien réparties sur toute la surface de latex. Quinze petits trous invisibles.

Il rangea le diaphragme dans sa boîte bleue. Il replaça l'épingle dans la pochette. Il referma la porte de l'armoire de toilette.

L'eau était bouillante. Il laissa infuser la tisane qu'il sucra avec du miel. Il l'apporta à Hélène et lui donna deux cachets d'aspirine. Lorsqu'elle eut fini, il rinça soigneusement le bol. Puis il enleva ses chaussures. Tout habillé, il s'allongea à côté d'Hélène.

Il s'endormit en même temps qu'elle.

Composé et achevé d'imprimer
par l'Imprimerie Floch
à Mayenne, le 26 février 1988.
Dépôt légal : février 1988.
1er dépôt légal : décembre 1987.
Numéro d'imprimeur : 26455.

ISBN 2-07-071257-5 / Imprimé en France

42968